LA COMÉDIE AU COIN DU FEU

(Première Soirée.)

LE PRINCE CONRADIN

(Etude dramatique en vers)

PAR

EUGÈNE MAHON DE MONAGHAN

Vice-Consul; Membre de l'Académie Impériale des Arts, Sciences et Belles-Lettres de Bordeaux; de l'Institut historique de France, etc., etc., etc.

PARIS
LIBRAIRIE DE L. HACHETTE ET COMPAGNIE,
RUE PIERRE-SARRAZIN, N° 14.

1861

LE PRINCE CONRADIN

Etude dramatique en vers.

Epernay. — Typo-Lithographie Vor Fiévet.

LA COMÉDIE AU COIN DU FEU

(Première Soirée.)

LE PRINCE CONRADIN

(Etude dramatique en vers)

PAR

EUGÈNE MAHON DE MONAGHAN

Vice-Consul; Membre de l'Académie Impériale des Arts, Sciences et Belles-Lettres de Bordeaux; de l'Institut historique de France, etc., etc., etc.

PARIS

LIBRAIRIE DE L. HACHETTE ET COMPAGNIE,

RUE PIERRE-SARRAZIN, N° 14.

1861

A Son Altesse Royale

MADAME LA PRINCESSE DES PAYS-BAS

(*NÉE DE SAXE-WEIMAR*)

MADAME,

Il entre dans la destinée de l'Auguste famille souveraine de Saxe-Weimar d'aimer, de cultiver, d'honorer les arts et les lettres. C'est là, Madame, un des caractères distinctifs des nobles intelligences comme c'est le privilége naturel des âmes d'élite.

Pénétré de cette pensée, enhardi d'ailleurs par la bienveillance avec laquelle VOTRE ALTESSE ROYALE a accueilli quelques-unes de mes études littéraires, je prends la liberté de LUI offrir respectueusement la dédicace d'un petit volume que je livre aujourd'hui à la publicité.

Dans l'espoir de donner à mon travail un titre plus réel à l'intérêt de VOTRE ALTESSE ROYALE, j'ai choisi pour sujet un des épisodes les plus touchants de l'histoire d'Allemagne : la fin si tragique du jeune Conradin de Hohenstauffen, de la noble maison de Souabe, et celle de son cousin Frédérick Babenberg.

VOTRE ALTESSE ROYALE daignera-t-elle accepter cet hommage et croire aux sentiments de profond respect,

De son très-humble et très-obéissant serviteur,

Eugène MAHON DE MONAGHAN.

Avril 1861.

NOTICE HISTORIQUE.

Pour les lecteurs peu familiarisés avec l'histoire si compliquée de l'Allemagne peut-être convient il de tracer ici un rapide aperçu des événements qui ont fourni le sujet de cette étude.

On était en 1198, au temps où la grande lutte des Guelfes et des Gibelins désolait l'Allemagne et ensanglantait l'Italie. Frédéric II, de la Maison de Hohenstauffen, duc de Souabe et d'Alsace et petit-fils du célèbre Frédérick *Barberousse*, avait reçu en héritage de son père Henri VI la couronne de Sicile. Soutenu par le Pape et les Gibelins, il ne tarda pas à être proclamé Empereur d'Allemagne, titre dont l'avait dépossédé Othon de Brunswick. Bientôt cependant l'éternelle querelle de l'Empire avec le Saint Siége, un moment apaisée, éclata avec une nouvelle fureur pour ne plus cesser qu'à l'extinction de la vaillante race des Hohenstauffen. Cette guerre, qui avait pour principe des prétentions politiques rivales, fût poussée avec une extrême énergie par le fougueux Philippe.

A la mort de ce prince, survenue le 13 décembre 1250, il institua son principal héritier Conrad, l'aîné de ses enfants. Il légua en même temps le comté de Catane à son petit-fils Corradino, fils de Conrad, âgé seulement de deux ans, et les duchés d'Autriche et de Souabe à son autre petit-fils, Frédérick Babenberg, fils de Henri, également très-jeune. La principauté de Tarente échut à Manfred, son bâtard.

Conrad régna à peine quatre années, continuant la guerre avec le Saint-Père, contre lequel il combattit avec acharnement pour défendre les Deux-Siciles qu'Innocent IV songeait à réunir aux Etats de l'Eglise. Conrad mourût à vingt-six ans, le 21 mai 1254. Manfred, engagé dans la même lutte, resta seul en position de tenir tête à ses adversaires.

Pendant ce temps, Corradino, âgé de six ans, était élevé en Souabe, dans le domaine patrimonial de sa famille.

C'est alors que Charles d'Anjou, frère de Louis IX, un des ambitieux les plus implacables et les plus cruels que nous représente l'histoire, vint s'emparer du trône de Naples. Une seule bataille commença et termina la guerre. Elle coûta la vie à Manfred (1267.) Une fois maître du pays, Charles d'Anjou le tailla à merci ; il fit si rudement sentir le poids de sa conquête, que les Gibelins appelèrent à grands cris le jeune Corradino de Hohenstauffen. Il atteignait à peine l'âge de porter les armes ; néanmoins il quitta la Souabe, accompagné de son cousin Frédérick, lui aussi dépouillé du duché d'Autriche au profit du roi de Bohême. Ces deux courageux enfants firent à tous les partisans de leur famille, à tous les mécontents un appel qui fût entendu. Le peuple de Rome même se souleva en leur faveur. Ils se présentèrent dans la lice soutenus par la conscience de leur droit et par la sympathie qu'inspirait la justice de leur cause. Leur armée rencontra celle de Charles d'Anjou à Tagliacazzo, dans les Abbruzzes, le 23 août 1268. Le premier choc sembla faire pencher la balance de leur côté, mais bientôt le sort se déclara contre eux : leurs partisans furent taillés en pièces et eux-mêmes tombèrent aux mains du vainqueur. Charles d'Anjou, loin d'agir avec humanité, traita ses prisonniers en criminels de lèze-majesté. « Il les fit, dit un historien, condamner à mort « par un tribunal composé de ses créatures et décapiter sur « le marché de Naples. Le dernier descendant de la maison « de Souabe mourût sur l'échafaud à seize ans. Avant de « courber la tête sous la hache du bourreau il jeta son gant « dans la foule ; on dit qu'un cavalier ramassa ce gage de « deuil et de vengeance et disparut sans qu'on put le rejoin- « dre. Le gant fut porté à Pierre d'Aragon, fils du roi Jayme, « qui avait épousé à Montpellier la fille de Manfred, la cou- « sine de Conradin. L'expiation se fit attendre quatorze années; « mais elle fut au niveau de l'outrage : les Hohenstauffen « eurent pour jeux funèbres les Vêpres Siciliennes. » *

Tels sont les faits dans toute leur vérité. C'est la dernière heure de Conradin et de Frédérick que l'auteur a essayé de peindre dans les pages qui suivent. Des amis sincères l'ont blâmé, à l'audition de l'ouvrage, d'avoir laissé voir dans l'âme de Conradin quelques moments de faiblesse et de trouble. Il n'a pu partager leur opinion ; il lui a paru plus humain, moins romanesque, de montrer son héros sous toutes ses faces, avec ses nobles sentiments, mais aussi avec ses défaillances. D'ailleurs on ne doit point perdre de vue que Conradin n'a que dix-sept ans à peine. Il eût été au moins invraisemblable qu'à cet âge, seul, en présence d'une mort assurée et imprévue, il conservât cet air inébranlable, cette tenue rigoureusement calme qui sont plutôt un effet convenu de l'art qu'une réelle expression des sentiments de la nature.

M.

* Henri Martin, *Hist. de France*, t. IV, p. 321.

A la mort de ce
titua son princ
légua en mên
Corradino, fils
duchés d'Au
rick Babenb
cipauté de

Conrad
avec le Sa
pour dé
réunir
le 21
seul e

Pe
en S

d
r

PERSONNAGES :

Conradin de Hohenstauffen, 17 *pereur de Germanie, Roi de Naples, lem, etc.*

Frédérick Babenberg, *duc d'Aut cousin*, 18 *ans.*

Allard de Saint-Valery, *confident duc d'Anjou*, 60 *ans.*

Blanche de Saint-Valery, *sa fille*

Un capitaine des gardes. — Sol

prison. — Porte au fond — Au premier plan de gauche, chambre de Conradin et de Frédérick. — Au second plan, une fenêtre grillée donnant sur la place publique, et laissant voir la façade du palais habité par le duc d'Anjou. — Au deuxième plan de droite, une petite porte pratiquée dans le mur. — Table au premier plan. — Chaises. — Au lever du rideau Frédérick est assis, soucieux et pensif. — Allard se tient debout auprès de lui.

Scène Ire.

FRÉDÉRICK, *assis*. — ALLARD.

ALLARD.

Le sort que j'entrevois pour vous, me désespère,
Frédérick; laissez-moi vous parler comme un père,

Avec l'accent d'un cœur fortement pénétré.

FRÉDÉRICK.

Dites, seigneur Allard ; je vous écouterai.

ALLARD.

Quand vous avez quitté la vieille Germanie,
Ce sol de loyauté, de gloire, de génie,
Vous cédiez à l'instinct d'un noble dévoûment,
Mais pensez-vous, cher Duc, avoir fait sagement ?...

FRÉDÉRICK.

Oui, car je soutenais une sainte entreprise.

ALLARD.

Oh ! sainte !... elle offensait et le ciel et l'Église.
Rome était contre vous, vous ne l'ignoriez pas
Et ses foudres auraient dû suspendre vos pas.

FRÉDÉRICK.

Rome se prononçait pour une cause inique....
Je sais que dans un but secret et politique
Notre seigneur Clément s'est fait le protecteur
Du duc Charle d'Anjou, d'un prince usurpateur.

ALLARD.

Arrêtez !....

FRÉDÉRICK.

Je me tais sur cette étrange chose;
Pourtant l'appui qu'il prête à la mauvaise cause
Ne saurait consacrer le rapt fait à mon roi:
Rome a sa politique et mon cœur a sa foi;
Foi profonde, immuable, exemple de science,
Foi qui porte deux noms : le Droit, la Conscience.

ALLARD.

Grands mots que tout cela : la seule vérité
C'est la soumission à la Divinité
Dont notre saint Pontife, avec son caractère,
Est le représentant, l'image sur la terre....
Or donc, il condamnait votre inutile effort....

FRÉDÉRICK.

Je ne sens rien en moi qui dise que j'eus tort;
D'ailleurs que voulez-vous? pourquoi de tels reproches?...
Vous avez [illegible] mort si je crains les approches;
Si Charles était un lâche et frappait un vaincu
Je saurais succomber ainsi que j'ai vécu....

— 14 —

Mes aïeux, dont en moi je sens bouillir la sève,
N'ont jamais reculé devant l'éclair d'un glaive ;
Je ne mentirai point au sang dont je suis né ;
Parlez.... j'attends.... le Duc m'aurait-il condamné ?...

ALLARD, *avec embarras.*

J'ignore des desseins que pourtant je redoute.

FRÉDÉRICK.

Dites la vérité, je puis l'entendre toute....
Voilà ce que j'attends de vous dans ma prison
Et non point de savoir si j'eus tort ou raison....
Vous n'avez pas le droit de blâmer ma conduite.

ALLARD.

Votre seul intérêt m'inquiète, m'agite ;
Je voulais vous donner les conseils d'un ami,
Mais vous les repoussez.... hélas ! j'en ai frémi....
Au nom du duc d'Anjou, maître de la province,
Je vous conjure encor d'abandonner le Prince ;
A ce prix, Frédérick, mon noble souverain
Oublîra votre faute et vous tendra la main,
Il répandra sur vous ses faveurs et sa grâce,
Car, dernier rejeton d'une vaillante race,

Il ne veut pas vous voir, par un zèle erroné,
Partager le destin d'un Prince infortuné.

FRÉDÉRICK, *se levant.*

Oh ! que de tels pensers sont dignes d'un tel homme !...
Il attaque un enfant, il lui prend un royaume ;
C'est bien lui, c'est bien Charle et je le reconnais !...
Puis, comme à l'orphelin il reste des sujets,
Quelques cœurs pénétrés de l'erreur peu commune
Qu'on n'abandonne pas l'ami dans l'infortune,
Qu'il est de saints devoirs, que l'honneur d'un soldat
Ne doit pas seulement briller dans le combat,
Qu'un serment est sacré, que rien ne le peut rompre :
Les voyant résister, Charle veut les corrompre.
Ce dessein, je l'avoue, émane d'un grand cœur :
Il est digne d'un prince et surtout d'un vainqueur !..

ALLARD.

Malheureux ! en raillant, vous jouez votre tête !...

FRÉDÉRICK.

Que Charle m'assassine et sa gloire est complète.

ALLARD.

Frédérick ! par pitié !... voulez-vous donc mourir ?..

FRÉDÉRICK.

J'ai dix-huit ans, pour moi s'ouvre un riche avenir ;
J'aime ! je suis aimé ! tout me sourit.... la vie
Pleine d'enchantements m'appelle, me convie ;
Mais mon cœur se refuse à trahir un ami,
Car je ne sais aimer ni haïr à demi.

ALLARD.

Mais quel sera le prix de votre sacrifice ?...
Encore s'il sauvait Conradin du supplice ;
Mais vous ne pouvez rien que partager son sort.

FRÉDÉRICK.

Qu'avez-vous dit ?... Parlez... Charle oserait...

ALLARD, *tristement.*

La mort...

FRÉDÉRICK.

Il suffit, laissez-moi.... Dites à votre maître,
Noble Saint-Valery, que loin de reconnaître
L'intérêt qu'il prétend me montrer aujourd'hui,
Je le trouve insultant parce qu'il vient de lui.

ALLARD.

Un seul mot....

FRÉDÉRICK.

Prenez-garde ; une telle insistance
Pourrait bien, à la fin, me paraître une offense ;
C'est de mon intérêt prendre trop de souci :
Ai-je demandé grâce?... ai-je crié merci !...
La terreur, grâce au ciel, est un mal que j'ignore
Et vouloir m'effrayer c'est m'attacher encore....
Que Conradin soit libre, à l'instant, aujourd'hui
Je le quitte. S'il meurt, que je meure avec lui.

ALLARD.

Egarement funeste, et que pourtant j'admire.
Si vous saviez l'espoir qu'un mot vient de détruire.
Oh ! j'étais insensé !....

FRÉDÉRICK.

Comment ?....

ALLARD.

L'homme d'état
Ne saurait plus long-temps prolonger ce débat ;

Je ne dirai donc rien au nom du Roi, de Charle;
C'est l'ami, c'est le père à présent qui vous parle :
Vous connaissez ma fille....

FRÉDÉRICK.

Une adorable enfant,
Ange, que sa candeur fait aimer et défend.

ALLARD.

Vous savez, Frédérick, de combien de tendresse
J'entoure ce trésor, l'espoir de ma vieillesse;
Vous comprenez alors si son bonheur m'est cher
Et ce que son chagrin aurait pour moi d'amer;
Ma vie est tout entière en cette autre moi-même ;
Je sais que vous l'aimez... je sais... qu'elle vous aime!...

FRÉDÉRICK, *troublé.*

Allard....

ALLARD.

J'ai pénétré vos projets, votre espoir....
D'où naît cette surprise? un père doit tout voir.
Mais ces desseins, mon fils, ma bonté les protége.

FREDÉRICK.

Vous eussiez consenti ?...

ALLARD.

Sans doute. Et, le dirai-je ?
L'espoir que je berçais en mon cœur paternel
Etait de vous unir par un nœud éternel ;
Oh ! que j'eusse été fier de vous donner ma fille !....
Mais c'était rêver trop d'honneur pour ma famille :
J'eûs tort.....

FRÉDÉRICK, *d'un ton de reproche.*

C'est mal, Allard, pourquoi me parlez-vous
D'un bonheur impossible, et d'un espoir si doux.

ALLARD.

Si vous vouliez.....

FRÉDÉRICK.

Jamais !....

ALLARD.

Un seul mot....

FRÉDÉRICK.

O torture !....

ALLARD.

Ecoutez un ami dont la voix vous conjure ;
Dégagez votre cœur d'un lien dangereux;
Abandonnez le prince à son sort malheureux ;
Vous avez répandu votre sang pour sa cause,
Vous l'avez bien aimé, je puis le dire et j'ose
Ajouter que, quand tout l'abandonne ici-bas,
Vous devez le quitter aux portes du trépas.

FRÉDÉRICK.

Pas un mot.... je comprends toute votre pensée....
Votre âme à mon destin s'est trop intéressée ;
Prolonger davantage un semblable entretien
Serait indigne, Allard, de votre honneur, du mien.
Merci ! je vous estime et ne suis pas un traître.

ALLARD.

C'en est fait, Duc ; je vais annoncer à mon maître
D'un cœur trop aveuglé la résolution.

(A part, en s'éloignant.)

Adieu, rêves chéris de mon ambition !....
J'espérais voir un jour, comme un astre qui brille,
La couronne des Ducs luire au front de ma fille ;

Mais ce n'était qu'un rêve, et, vieillard insensé !
Je me réveille enfin car le rêve est passé !..

(Il sort par le fond.)

Scène IIe.

FRÉDÉRICK, *seul.*

Hé bien ! Charle a raison : quand il prend la couronne
L'usurpateur a tort, il fait mal s'il pardonne.
Le Prince qu'il dépouille est toujours menaçant ;
Il a pour lui le Droit, et le Droit est puissant....
Le crime est incomplet s'il n'est suivi d'un crime :
Le sang seul affermit un trône illégitime.
Conradin, pauvre enfant ! c'est l'inflexible loi :
Tu dois périr : que sert d'espérer.... soumets-toi !...
Hier, agrandissant le cercle de nos fastes,
Quand nous luttions encor pour des desseins si vastes,
Courtisans et flatteurs, gens qui tendent les mains,
De ton trône naissant encombraient les chemins ;
Que sont-ils devenus ces baladins avides ?....
Le trône est écroulé, ses approches sont vides....

Nous sommes restés six avec toi pour mourir,
Mais six que l'on ne peut briser, ni conquérir.
Débris infortunés d'un terrible naufrage,
Sans doute il est cruel de mourir à notre âge,
Quand tout nous souriait, quand la vie a pour nous
Des parfums d'avenir si pénétrants, si doux!....
Mon cœur en y songeant se gonfle d'amertume,
Et des regrets profonds montent comme une écume...
Je suis brave, et pourtant mon courage est glacé!
Car c'est finir bientôt le rêve commencé.... —

Scène IIIe.

FRÉDÉRICK. — BLANCHE, *par la porte secrète du second plan de droite.*

FRÉDÉRICK.

Qui vient là?...

BLANCHE.

Pas un mot....

FRÉDÉRICK.

Me trompè-je? une femme!...

BLANCHE.

C'est moi.

FRÉDÉRICK.

Blanche !....

BLANCHE.

Oui, c'est moi. Je viens la mort dans l'âme ;
Je suis folle, éperdue, et j'ai voulu vous voir :
Je n'ai pu dominer mon profond désespoir.
A prix d'or j'ai gagné deux des soldats de Charle
Et me voilà.... j'accours.... il faut que je vous parle.

FRÉDÉRICK.

Blanche, si votre père ou quelqu'autre en ce lieu
Vous suprenait tremblante, agitée.....

BLANCHE.

Eh ! mon Dieu !
Que m'importe le monde à cette heure terrible :
A tous ses froids devoirs, je me sens insensible :
Croyez-vous qu'à moi-même un instant j'ai songé
Quand vous allez mourir lâchement égorgé ?...

FRÉDÉRICK.

Mourir ?...

BLANCHE.

Oui, comprenez mon désespoir immense,
Le conseil....

FRÉDÉRICK.

Calmez-vous....

BLANCHE.

A rendu la sentence......
Un ami dévoué tantôt m'a tout appris......
Vous êtes condamnés ....

FRÉDÉRICK.

Remettez vos esprits.....
Que je sache......

BLANCHE.

Un seul homme, un seul pour vous défendre
S'est levé.....

FRÉDÉRICK.

Se peut-il.... son nom ?....

BLANCHE.

Robert de Flandre.

FRÉDÉRICK.

Le gendre du Roi ?.... lui ?....

BLANCHE.

Lui-même. Il paraîtrait
Qu'au moment solennel où l'on a lu l'arrêt,
En voyant des bourreaux cet accord unanime,
Il n'a pu contenir un courroux légitime,
Et que tirant sa dague il a frappé l'un d'eux.

FRÉDÉRICK.

Mais Charle punira cet ami généreux.

BLANCHE.

Ne craignez rien ; le roi sait tout ; il a fait grâce....
Il aime trop sa fille, il aime tant sa race !....
C'est pour vous, pour le Prince et pour tous vos amis
Qu'il faut trembler : c'est pour vous seuls que je frémis.
Le temps est précieux, j'ai voulu tout vous dire....
Avez-vous des amis ou quelqu'un qui conspire ?....
J'irai, je presserai, rien ne m'arrêtera....
Faut-il de l'or ? j'en ai pour ceux qu'on corrompra.
Ne peut-on préparer quelque fuite secrète ?....
Je suis à vous.... Parlez.... me voici, je suis prête.

Seule, je ne puis rien.... Vainement j'ai tenté :
L'effroi parle plus haut que la cupidité.

FRÉDÉRICK.

Personne, excepté vous, à nous ne s'intéresse :
Nous sommes seuls ; pourtant en ces jours de détresse
On pourrait demander à Rome son appui.

BLANCHE.

Le Saint-Père a parlé : n'attendons rien de lui ;
Dans une lettre au Roi qu'il presse, qu'il convie :
« Que meure Conradin, pour Charle c'est la vie, »
« Que vive Conradin, pour Charle c'est la mort, »
Dit-il.

FRÉDÉRICK.

Ainsi, lui-même a dicté notre sort.

BLANCHE.

Est-ce donc là l'esprit du sublime Evangile ?...

FRÉDÉRICK.

C'est que le Christ est grand et que l'homme est fragile.

BLANCHE.

Rien..... rien.... abandonnés !.....

FRÉDÉRICK.

Puisqu'il en est ainsi
Il ne me reste plus qu'à vous dire merci ;
Oui, merci, noble enfant, pour tout ce que vous faites;
C'est comme une victoire après tant de défaites !..

BLANCHE.

Abandonnés ! perdus !...

FRÉDÉRICK, *tristement.*

Blanche, vous souvient-il
Du temps qui précéda ce triste temps d'exil ?...
Vous souvient-il, hélas ! des jours que nous passâmes
A cette cour de France où nous nous rencontrâmes ?...
Oh ! de combien d'espoirs nous nous étions bercés !
Que de tendres serments, que de vœux insensés
Nous formions tous les deux, votre main dans la mienne;
Mais quel est l'homme à qui l'avenir appartienne ?....
Quand je vous ai quittée, aurais-je cru qu'un jour
Nous nous retrouverions dans ce sombre séjour,

Que veufs de tout espoir, en proie à des alarmes,
Nos cœurs se confondraient dans de communes larmes.

BLANCHE.

Croyez-vous que mon cœur, de regrets soit exempt?...
Ah! laissons le passé, ne songeons qu'au présent.
Nous avions entrevu d'heureuses destinées,
C'est vrai ; mais oublions ces heures fortunées.

FRÉDÉRICK.

Puisque la mort s'apprête et va nous désunir,
Oh! Blanche, laissez-moi du moins me souvenir!..,
Le souvenir est doux à qui perd l'espérance!...

BLANCHE.

Se peut-il ?... pas un seul moyen de délivrance!...

FRÉDÉRICK.

Pas un seul.

BLANCHE.

Et pourtant.... non, cela ne se peut :
Tout doit être facile à qui tente, à qui veut.

FRÉDÉRICK.

On vient. Partez.

BLANCHE.

Silence.....

FRÉDÉRICK.

Oh ! partez !....

BLANCHE.

Je demeure.

Scène IVe.

LES MÊMES ; UN OFFICIER ; *gardes au fond.*

L'OFFICIER.

Duc, le Roi veut vous voir et vous attend sur l'heure;
Suivez-moi.

Frédérick jette un regard à Blanche et sort.

Scène V^e.

BLANCHE, *seule.*

Quel espoir en mon âme renaît!
Si mon père avait pu..... Si le roi pardonnait.....
Si quelque repentance, impossible, imprévue
Allait toucher son âme et désiller sa vue ?....
Mais non, Charle est cruel, oh ! je le connais bien :
C'est un tigre irrité dont je n'espère rien ;
Un noble sentiment ne saurait le séduire,
Et lorsqu'il tient sa proie il faut qu'il la déchire !...
Oh ! j'ai peur ; Frédérick, ne m'abandonnez pas....
Mais il est loin déjà ; je n'entends plus ses pas.
Ce n'est qu'en vous, mon Dieu, qu'en vous seul que j'espère :
De tous les malheureux n'êtes-vous pas le père ?...
Voyez mon désespoir, mes sanglots, mes terreurs ;
Apportez un remède à de telles douleurs....
Inspirez-moi, Seigneur, quelqu'étrange entreprise...
Je veux prier.... je veux.... mais ma tête se brise ;
Je sens que mon esprit est prêt à s'égarer,
Et je n'ai même plus la force de pleurer....

(Elle cache son visage dans ses mains. — Conradin entre. —

Scène VIe.

CONRADIN. — BLANCHE.

CONRADIN, *appelant.*

Frédérick ! Frédérick !... suis-je seul ?... Une femme.

BLANCHE.

Le Prince !...

CONRADIN.

Est-ce une erreur ?.. Quoi ! vous ici, madame ?..
Quelqu'ange protecteur a dû vous envoyer
Pour porter de la joie au pauvre prisonnier.

BLANCHE.

Prince, que de malheurs depuis huit mois d'absence !...

CONRADIN.

Je n'osais espérer votre douce présence,
Et pourtant je savais que vous étiez ici :
J'étais sombre, attristé, je renais : vous voici.
Je n'ai point oublié la douce enchanteresse
A qui secrètement je vouais ma tendresse.

BLANCHE.

Que dites-vous?...

CONRADIN.

Madame, apprenez ce secret....
Pourquoi taire un amour dont vous êtes l'objet ?...
Non ! votre image est là. Quand pris de lassitude
(Car les jours semblent longs dans cette solitude)
Contre l'abattement je cherchais un secours,
Je pensais à vous, Blanche.

BLANCHE, *surprise.*

A moi, Prince ?...

CONRADIN.

Toujours !...
Tenez, Wilhelm m'a pris mes Etats d'Allemagne,
Le Duc Charles, après une rude campagne,
Sur mon trône de Naples à ma place est assis :
J'ai tout perdu, Madame, à part quelques amis;
A présent, pour toujours, me voilà sur la terre
Oublié, méconnu, captif et solitaire:
Hé bien ! dans ce désastre et dans cet abandon
Je n'ai qu'un seul regret, qu'un seul, sachez-le donc :

Ces biens que j'ai perdus dans un jour de tempête,
Non, ce n'est pas pour moi qu'encor je les regrette,
Et si parfois je songe à les reconquérir,
Madame, c'est pour vous, c'est pour vous les offrir.

BLANCHE.

Je ne m'attendais pas à ce que vous me dites,
Prince; un pareil honneur dépasse mes mérites ;
J'étais peu préparée à l'aveu que j'entends :
Pardonnez à mon trouble en ces cruels instants....
J'ai cru......

CONRADIN.

Si vous saviez ce qu'une telle flamme
A fait naître d'audace et d'espoir en mon âme !...
Tenez, après la lutte où je tombai vaincu,
J'étais brisé... mon cœur seul avait survécu.
Hé bien, loin que je cède à des pensers moroses,
Je suis prêt à tenter encor de grandes choses ;
Je m'irrite souvent de ma captivité
Et j'aspire ardemment après la liberté.

BLANCHE.

La liberté !...

CONRADIN.

Sans doute, et vous devez comprendre
Qu'elle ne peut pour moi longtemps se faire attendre :
Car je verrai d'Anjou, car je lui parlerai....
Imaginez alors ce que je lui dirai ?....

BLANCHE.

O mon Dieu !....

CONRADIN.

Qu'avez-vous ? d'où naissent vos alarmes ?....
Vous pâlissez, madame, et vous versez des larmes ;
Point de regrets amers, insensés, étouffants,
Blanche, si vous m'aimez....

BLANCHE.

Nous sommes deux enfants.

CONRADIN.

Que fait l'âge à nos cœurs, que fait ce que nous sommes :
Lorsqu'ils savent aimer, les enfants sont des hommes :

L'amour grandit les cœurs qu'il arrache au repos,
L'amour, à de tous temps, fait naître des héros.
Aimer! Comprenez-vous ce qu'un tel mot renferme ?

BLANCHE.

A tous ces vains discours, Prince, mettez un terme ;
Ouvrez les yeux ; partout je ne vois que périls....

CONRADIN.

Des périls, dites-vous?.. des dangers?.. quels sont-ils?..

BLANCHE.

Le Duc d'Anjou vous hait ; je sais que cette haine
A fait taire en son cœur toute pensée humaine :
Il vous sacrifiera, car le bandeau royal
Vacille sur son front.

CONRADIN.

Que vous le jugez mal.
Charle est un dur guerrier, un général aveugle
Qui s'élance au combat comme un taureau qui beugle;
Mais quoique usurpateur, mais quoique ambitieux,
Trop fier pour accomplir un forfait odieux;
Il saura respecter ma personne sacrée :
Sa raison put bien être un moment égarée ;

Sans doute, pour calmer un légitime effroi,
Il peut emprisonner, mais non tuer un roi.
Croyez-le, quelque jour il me dira lui-même :
« Trahi par le destin, renonce au diadème:
« Deviens libre à ce prix. » et je sacrifierai
Mes droits sur ce pays, Blanche; j'accepterai.

BLANCHE.

Funeste aveuglement d'une âme généreuse !...

CONRADIN.

Alors si vous m'aimez vous pourrez être heureuse.
Ah ! puisse un si beau jour luire pour moi demain ;
Blanche, je briguerai l'honneur de votre main ;
Peut-être l'obtiendrai-je et bientôt, sort propice !....
Vous serez devant tous élue Impératrice ;
Car, abandonnant Naple à mon vainqueur, je pars,
Ralliant en tous lieux mes bataillons épars,
Contre mes ennemis allumer une guerre
Et reprendre pour vous le trône de mon père.
Pourquoi, lorsque d'espoir tous mes rêves sont pleins,
Ne répondez-vous pas !...

BLANCHE.

Parce que je vous plains !...

CONRADIN.

Est-ce de la pitié que mon cœur vous demande
Quand je vous fais l'objet d'une idée aussi grande ?...

BLANCHE.

Oh ! Prince, j'ai pitié de cette folle ardeur
Qui ne voit pas le crime à travers sa candeur.
Ecoutez-moi ; sachez qu'un malheur vous menace ;
Je le sais ; n'attendez, n'espérez point de grâce.
Sur votre front le glaive est déjà suspendu :
Pouvez-vous fuir ?... Je vous dis que tout est perdu.
L'affreuse vérité, Conradin, m'est connue,
Et c'est pour vous sauver qu'ici je suis venue.

CONRADIN.

Comme un lâche assassin Charle veut m'égorger ?....

BLANCHE.

Il le veut ; chaque instant augmente le danger.

CONRADIN.

Oh ! mais j'ai des amis.

BLANCHE, *avec vivacité.*

Vous en avez ?

CONRADIN.

Sans doute.

BLANCHE.

Sauront-ils jusqu'ici se frayer une route ?...

CONRADIN.

Si je l'avais voulu, j'aurais pu fuir déjà.

BLANCHE.

Ne différez donc plus, car le péril est là.
Qu'attendez-vous ?...

CONRADIN, *avec tendresse.*

J'attends que votre voix me dise
Qu'un espoir est au bout d'une telle entreprise;
Si vous ne m'aimez pas, si l'espoir m'est ôté,
Que m'importe la mort ou la captivité;
Si vous ne m'aimez pas que m'importe la vie :
D'abandonner ces lieux je ne sens nulle envie. —

BLANCHE, *avec la plus vive anxiété, à part.*

Oh ! mon Dieu ! je me sens en proie à la terreur.
J'hésite ; quand je peux, le berçant d'une erreur,

Sauver par un seul mot Frédérick et lui-même ;

CONRADIN.

Que dites-vous ?...

BLANCHE. (*Allard paraît au fond, s'arrête.*)

Je dis....

CONRADIN.

Parlez....

BLANCHE.

..... Que je vous aime !...

CONRADIN.

Ah ! Blanche !....

BLANCHE.

Mais il faut agir sans nul retard.

CONRADIN.

Un mot encore.

BLANCHE.

On vient, vous saurez tout plus tard.

Conradin est à genoux et couvre sa main de baisers ; Allard s'avance, elle se dégage.—

Scène VIIe.

LES MÊMES, *puis* FRÉDÉRICK. — ALLARD *à part plein de surprise.*

Ai-je bien entendu !

BLANCHE *se retirant seule au premier plan.*

Mon père !....

ALLARD.

Oh ! que le cœur des femmes
Est un profond abîme !...

CONRADIN.

Epargnez-vous des blâmes ;
Je l'aime, elle a ma foi.

(Il reste au fond avec Allard et lui parle à voix basse avec chaleur.)

BLANCHE, *à part sur le devant.*

C'est une erreur, un songe ;
Je n'ai pu proférer un semblable mensonge :
Aimer le Prince, moi ?... Non, je ne l'aime pas !...
Mais il fallait sauver Frédérick du trépas ;

Il me pardonnera ce douloureux blasphème.
Car il sait que c'est lui, que c'est lui seul que j'aime;

(*Entre Frédérick.*)

ALLARD, *se retournant vers lui.*

Duc, pesez froidement les paroles du Roi.

FRÉDÉRICK.

Je l'ai fait.

CONRADIN.

D'où viens-tu ?...

FRÉDÉRICK.

Tu le sauras ; suis-moi.

Il entraîne à droite Conradin, qui s'éloigne en faisant des signes d'intelligence à Blanche.

Scène VIIIe.

ALLARD — *et* BLANCHE.

ALLARD, *qui est resté pensif, dit à part.*

Ce n'est pas Frédérick, c'est Conradin qu'elle aime.
Qu'est un manteau ducal auprès d'un diadème ?...
Triste fou ! sot rêveur !... je me suis abusé ;
Quel abîme sans fond sous mes pas j'ai creusé !...
Quoi ! j'ai pu me méprendre à cette feinte vaine ?...
Je la voulais Duchesse, elle peut être Reine,
Impératrice !... Et, moi, j'ignorais ce secret...
Il faudra que le roi révoque son arrêt...
O, mon ambition, sois donc plus clairvoyante...
Connais mieux de ton sort l'espérance brillante :
Tu ne dois plus ramper dans des sentiers étroits,
Puisque tu peux rêver l'alliance des Rois !...

BLANCHE.

Mon père, qu'allez-vous penser de votre fille ?...

ALLARD, *à lui-même sans l'écouter.*

Le Duc ne peut vouloir ruiner ma famille ;

Impossible ! Il faudra...

A Blanche.

Je sais, j'ai tout appris...
De te voir en ce lieu je ne suis point surpris :
Jamais un dévoûment de ta part ne m'étonne ;
Voyons, approche-toi, Blanche ; je te pardonne.

BLANCHE.

Mon père....

ALLARD.

Il est trop vrai qu'on les a condamnés !...

BLANCHE.

Lâchement, et de tous ils sont abandonnés ;
Vous leur restez seul.

ALLARD.

Moi ? je leur reste ! que puis-je ?...
Il faut pour les sauver un miracle, un prodige.
N'importe ! j'essaierai ; mais le Roi voudra-t-il
Commuer leur sentence en un arrêt d'exil ?...
Conradin libre, hé bien ! j'ai foi dans son génie :
Nous le verrons briller aux champs de Germanie,

Il saura ressaisir son pouvoir usurpé ;
Alors s'il a dit vrai, s'il ne m'a point trompé,
Ma fille, tu ceindras le sacré diadème.

BLANCHE.

Conquérons cet honneur par un effort suprême.
Pas de vains mots, des faits ; car ce n'est pas demain
Que vous devez toucher, fléchir le Souverain,
C'est sur l'heure, à l'instant; hâtez-vous, le temps presse.
Ayez pitié, mon père ; en voyant ma détresse
Un autre à votre place aurait déjà volé
Pour ramener du calme en mon cœur désolé ;
Mais non, vous restez là, sans voir à mes alarmes
Qu'un désespoir mortel est caché sous mes larmes.

ALLARD.

Que résoudre?... Oh ! malheur au joueur décidé
Qui risque tout son bien sur un seul coup de dé ;
Malheur ! malheur de même au vieillard en démence,
Qui sur sa seule enfant place son espérance,
Car c'est un faux calcul, c'est un jeu hazardeux
Auquel père et joueur peuvent perdre tous deux.
N'importe ! quelque grand que doive être l'obstacle,
Je veux, Blanche, tenter d'accomplir un miracle ;

Le ciel me guidera dans ce que j'entreprends.
La clémence affermit l'œuvre des conquérants,
Je vais le dire à Charle, il faudra qu'il pardonne,
Surtout si son captif renonce à la couronne.

BLANCHE.

Il abandonnera sur Naples tous ses droits.

ALLARD.

Voudra-t-il le jurer au besoin sur la croix?...

BLANCHE.

Il le fera ; tantôt il m'a dit sa pensée.
Pourquoi poursuivrait-il une lutte insensée?...
L'Allemagne l'attend, prête à subir sa loi,..
Il peut être empereur en cessant d'être roi...
Courez ! je prierai Dieu pour qu'il nous soit propice
Et si vous les sauvez je suis.... Impératrice !

(Allard sort.)

Scène IXe.

BLANCHE, *seule.*

A présent leur destin est dans les mains de Dieu.
La partie est terrible et leur tête est l'enjeu.
Voyons si le malheur triomphera du crime ;
Voyons si tant d'efforts pourront combler l'abîme !...
J'ai pressé Frédérick, exalté Conradin
Pour leur faire adopter quelque parti soudain ;
En voyant sur leur front étinceler le glaive
N'ai-je pas de mon père aussi flatté le rêve ?...
Il le fallait ; j'ai tout préparé, tout osé :
Ce courage, c'est là, là, que je l'ai puisé !
(*Elle montre son cœur.*)
Virginité d'esprit, pudeurs, calmes de l'âme,
L'amour a tout fondu sous son ardente flamme ;
Les devoirs, la raison, oui, j'ai tout oublié,
Tout méconnu, Seigneur, et tout sacrifié ;
J'ai menti sans rougir, menti même à mon père
En feignant une ardeur à mon cœur étrangère ;
Peut-être Frédérick trompé me jugera
Misérable, parjure, et qu'il me maudira...

Ce mensonge est affreux, je le hais, je l'abhorre,
Hé bien! pour les sauver je mentirais encore!...

Elle abat son voile, frappe à la porte du 2e plan de droite et sort.

Scène Xe.

CONRADIN. — FRÉDÉRICK.

CONRADIN.

Ami, pourquoi me fuir?... d'où vient que tes esprits
Quand je t'ouvre mon cœur sont troublés et surpris?...

FRÉDÉRICK, *à lui-même.*

C'est une trahison, un mensonge exécrable!...
Je ne m'attendais pas au malheur qui m'accable.

CONRADIN.

Parle... dis un seul mot, cousin ; explique-moi
Le soudain changement que je remarque en toi...
Pourquoi cet air contraint, cet embarras étrange
Lorsque je t'entretiens de l'amour de cet ange?...

C'est vrai, de mon amour je ne t'ai point parlé...
Peut-être me crois-tu mauvais, dissimulé ;
Ne me blâme pas trop, ne sois point trop sévère :
Oui, j'eûs tort; mais pour toi c'est mon premier mystère..

FRÉDÉRICK.

Te blâmer, Conradin ?... Oh ! ne crains pas ceci;
D'ailleurs le puis-je, moi, qui fus coupable aussi:
J'aimais...

CONRADIN.

Toi ? se peut-il ?...

FRÉDÉRICK.

J'aimais et j'aime encore.

CONRADIN.

Un pareil sentiment te grandit et t'honore...
Mais de grâce, cousin, apprends-moi ton secret ;
Dis-moi de ton ardeur quel est l'heureux objet.
Tu sais à ton bonheur si mon cœur s'intéresse.

FRÉDÉRICK.

Hélas! tu viens de voir le chagrin qui m'oppresse,

S'il faut pour t'éclairer te parler sans détour,
Sache qu'il prend sa source en ce fatal amour ;
Je ne veux rien cacher à ton amitié tendre,
Mais sois fort, Conradin, ce que tu vas entendre
Peut te blesser au cœur comme le trait qui part.

CONRADIN.

Eh bien ?...

FRÉDÉRICK.

Celle que j'aime est la fille d'Allard.

CONRADIN.

Tu serais mon rival ?...

FRÉDÉRICK.

Non, je serai ton guide.
Apprends à mieux connaître aujourd'hui la perfide,
Sache donc d'un ami qui s'intéresse à toi
Que Blanche nous abuse et m'a donné sa foi,
Que ce matin encore, ici, dans ce lieu même,
Elle assurait mon cœur de son amour extrême.

CONRADIN, *reculant.*

Impossible.

FRÉDÉRICK, *amèrement.*

Il se peut que l'on doute en effet
D'un oubli si rapide et d'un si grand forfait ;
Pourtant elle a trahi ses serments, ses promesses ;
Comprends-tu les dangers du cœur que tu lui laisses ?..
Comprends-tu qu'il y va du repos de tes jours ?,..
Car qui trompe une fois peut bien tromper toujours...
Conradin, ne crois pas quand je te dis ces choses
Que d'un ressentiment j'écoute trop les causes,
Non ; car j'ai moins en vue, en ce jour ennemi,
L'espoir de me venger que le bien d'un ami.

CONRADIN.

Je te crois, Frédérick, je veux et dois te croire ;
Douter de tes discours serait flétrir ta gloire ;
Mais ils ne changent rien à mon amour vainqueur :
Blanche a pu s'abuser sur l'état de son cœur,
Car enfin quel mortel dans la première ivresse
N'égare quelquefois son cœur et sa tendresse ?...

FRÉDÉRICK.

Quoi! Tu peux, Conradin, mépriser mes conseils...
Tu connais mes tourments, en veux-tu de pareils?...
Il faut, obéissant à mon expérience,
A cet amour qui nait imposer le silence;
Il te faut oublier cette ingrate, il le faut!...

CONRADIN.

Assez, monsieur le Duc, vous le prenez bien haut:
Cachez mieux votre haine et votre jalousie;
Aussi votre vengeance est-elle mal choisie;
Sous cet air de grandeur, de générosité,
J'ai pénétré, Monsieur, toute la vérité.

FRÉDÉRICK.

Mon amitié pour toi seule a dicté ma tâche.

CONRADIN.

Cette amitié, Monsieur, n'est qu'un vain nom qui cache
Le despotisme affreux qu'on exerce sur moi...
Oh! vous abusez trop de cette sainte loi,
De ce titre d'ami si sacré, si sublime,
Pour saisir un pouvoir injuste, illégitime.

FRÉDÉRICK.

Dieux ! qu'est-ce que j'entends ?... suis-je bien éveillé ?..
Dis-moi que c'est un jeu de mon esprit troublé,
Dis-moi que je suis fou, misérable, en délire,
Mais que tu n'as pas dit ce que tu viens de dire ;
Si tout autre, vois-tu, l'eût seulement pensé,
Du nombre des vivants je l'aurais effacé !...

CONRADIN.

Celui qui peut descendre à flétrir une femme
Parce qu'elle repousse et ses vœux et sa flamme,
N'est l'ami de personne et moins encor le mien.

FRÉDÉRICK, *se contenant.*

Conradin, c'est infâme ! infâme ! entends-tu bien,
D'interprêter ainsi ma crainte généreuse,
De juger froidement mon âme ambitieuse,
D'insulter tour à tour, sans raison ni pitié,
L'amour que je te porte et ma pure amitié.

CONRADIN.

Oh ! j'eusse respecté cette amour fraternelle
Si vous ne prétendiez m'en faire une tutelle,

Car si j'aime qui m'offre un cœur bien affermi,
Qui prétend m'opprimer devient mon ennemi.

FRÉDÉRICK.

Je te quitte, mon Roi; mon langage inhabile
Retrouvera tantôt ton esprit plus docile;
Alors, sans m'imputer des pensers odieux,
Tu liras dans mon âme et la comprendras mieux.

CONRADIN.

Monsieur, rien qu'un seul mot... Dans votre amour pour Blanche
Si j'ai pu vous blesser demandez-moi revanche.

FRÉDÉRICK.

Eh! que prétends-tu donc?...

CONRADIN.

Que l'épée aujourd'hui
Tranche nos différends.

FRÉDÉRICK.

Se peut-il! Est-ce lui?...
Est-ce toi, Conradin, dont la main égarée
Veut percer d'un ami la poitrine sacrée?...

Quel démon te souffla ce penser infernal ?...

CONRADIN.

Il ne me convient pas de souffrir un rival
Qui verrait mon bonheur avec un œil d'envie.

FRÉDÉRICK.

C'est me juger bien mal pour qui connaît ma vie :
Quelqu'il soit tout objet qui ne m'appartient pas,
Puisqu'il faut te l'apprendre, est pour moi sans appas;
Et quand il en aurait, je veux l'admettre encore,
Je me crois assez grand pour faire qu'on l'ignore.

CONRADIN.

Craignez-vous d'un combat les dangers hasardeux
Quand je vous insultai...

FRÉDÉRICK.

Nous n'étions que nous deux,

CONRADIN.

A vous venger, Monsieur, votre honneur vous convie ;
Venez.

FRÉRÉRICK.

Non! Conradin peut m'arracher la vie,

Il peut lever sur moi son homicide bras,
Mais me battre avec lui qu'il ne l'espère pas ;
Sa passion fatale et le trouble et l'égare...
Il ne se connaît plus...

CONRADIN.

Vertu sublime et rare,
Qui ne veut voir en moi qu'un ami, qu'un enfant !...
Pour le cœur mal trempé que la terreur défend,
L'intérêt qu'il me porte est une étrange excuse.

FRÉDÉRICK, *fait un mouvement ; il se contient et dit d'un ton digne, mais qui s'anime de plus en plus.*

Ce reproche sied mal à celui qui m'accuse.
Va, pauvre Conradin ; va, tu me fais pitié :
Tu ne méritais pas ma loyale amitié.
J'ai peur, as-tu dit ? Soit !... que m'importent tes rages...
Mon cœur a des dédains plus grands que tes outrages...
J'ai peur ! Mais, tu l'as vu, pour cueillir des lauriers
J'ai conduit tes soldats dans les champs meurtriers ;
J'ai combattu partout l'injustice et la haine
Et, quoique enfant encor, je fus grand capitaine !
A Tagliacazzo, quoique né sans vertus,
J'attaquai nos vainqueurs et je les ai battus ;

J'ai servi noblement tes malheurs et ta cause,
Tu sais bien ce que peut mon bras et ce qu'il ose ;
Tu sais combien de coups j'ai détournés de toi
Et tu peux m'accuser de terreur et d'effroi ?...
Tu reconnais ainsi mes glorieux services ?...
Veux-tu voir sur mon sein de nobles cicatrices ?...
Elles t'appartenaient, mais je te les ravis,
Alors qu'impétueux, méprisant mes avis
Tu t'élançais terrible au milieu des batailles,
Et maintenant c'est toi qui m'insultes, me railles
Qui dans mon sang, dis-tu, brûles de te baigner ?
Est-ce ainsi, fils de Roi, qu'on apprend à régner ?...
Est-ce donc par l'outrage et par la violence
Qu'on doit payer amour, fidélité, vaillance ?...
Non, ce n'est pas ainsi, Conradin, c'est pourquoi
Le ciel n'a point permis que tu devinsses Roi !...
Qu'importe ! Le sang pur qui coule dans mes veines
Est assez généreux pour de nouvelles peines,
Je puis répandre encore en guerrier citoyen
Tout ce sang pour mon prince et ne demander rien ;
Puisque l'insulte seule est sa reconnaissance,
Je saurai le servir encor sans récompense ;
Libre à lui de penser que j'ai peur de la mort,
Même quand je consens à partager son sort.

CONRADIN, *les yeux baissés.*

De quel sort parles-tu?...

FRÉDÉRICK.

Bientôt tu vas l'apprendre :
Je vais me procurer une épée et t'attendre!...

CONRADIN.

Frappe-moi... qu'un trépas que j'ai trop mérité
Punisse ma fureur et mon indignité.

Ils s'élancent tous deux par le fond pour sortir, mais Allard paraît et les arrête.

Scène XIe.

CONRADIN. — ALLARD — FRÉDÉRICK.

ALLARD, *éperdu.*

Restez! où courez-vous, insensés que vous êtes,
Quand un péril si grand menace vos deux têtes!...

Vous allez de la vie, hélas! franchir le seuil
Et rien pourtant ne semble abaisser votre orgueil ;
Vous parlez de vengeance et songez à vous battre
Quand sous la mort qui vient vous allez vous débattre.
Voyez, je suis tremblant, plein d'horreur, éperdu!
Ne songez plus qu'à Dieu : tout espoir est perdu...
L'on élève déjà sur la place prochaine
L'échafaud où tous deux subirez votre peine.

CONRADIN.

Mourir! c'est impossible! O ciel! mourir! pourquoi?...
Seigneur Allard, je veux, j'entends parler au Roi...
Qu'il me dise lui-même, ou je ne puis le croire,
Qu'il souille son honneur d'une action si noire...
Il voudrait me tuer, moi, Roi, fils d'Empereur?
Ce serait montrer trop de haine ou de terreur!...

Après une pause.

Mais encor, croyez-vous quand un arrêt infâme
Trancherait de mes jours la misérable trame
Qu'il faille que ma mort ferme un double linceul,
Si je dois succomber que je succombe seul!...
Car si le Duc m'aima d'une amitié parfaite
Est-ce donc un motif pour abattre sa tête,

Est-ce donc un motif pour répandre son sang ?...
Je le proclame ici devant vous innocent ;
Sa vaste intelligence et sa pensée active
Furent toujours sans voix, sa valeur fût passive ;
Il ne conseillait point : au milieu des combats
Moi seul étais la tête, il n'était que le bras.

FRÉDÉRICK, *vivement.*

Oh ! ne l'écoutez pas, noble Allard, il vous trompe...
Il faut, pour mon honneur, que ma voix l'interrompe...
Vous devez bien penser que sachant ses projets
J'y joignais mon idée et les encourageais....
Il n'était qu'un enfant ; moi, j'étais presque un homme ;
Seul je conçus l'espoir d'envahir Naple et Rome,
Et si je fus le bras sans pitié ni merci,
Au milieu des conseils je fus la tête aussi !...

CONRADIN.

Pardonnez la folie où son zèle l'entraîne :
Il ne fit qu'obéir à ma voix souveraine,
Et croyez qu'il vous ment pour partager mon sort.

FRÉDÉRICK.

Croyez-vous un enfant ?...

CONRADIN.

Repoussez son effort !...

ALLARD.

Vit-on sort plus terrible et vertus plus complètes !...
Coupables !... mes enfants, mais tous les deux vous l'êtes.
Si vous vous aimiez moins aux portes du trépas
On pourrait croire encor qu'un des deux ne l'est pas ;
Mais on voit, dans les cœurs faits ainsi que le vôtre,
Que le désir de l'un fût le désir de l'autre,
Que ce que l'un pensa l'autre l'avait pensé,
Que ce que l'un osa, l'autre l'avait osé !...

CONRADIN.

Il ne doit pas mourir... par pitié !...

ALLARD.

Qu'il prononce.
Il est libre s'il veut.

FRÉDÉRICK.

Vous savez ma réponse.

Pourtant si vous voulez l'apprendre de nouveau,
Libres tous deux, Allard, ou tous deux au tombeau!...

ALLARD, *lui présente un papier.*

Pourtant le Roi pour vous a signé cette grâce,
Dans l'espoir qu'abaissant votre première audace
Vous pourriez consentir à quitter sans retard
Naple.....

FRÉDÉRICK, *lui montrant Conradin.*

Et la sienne aussi, l'apportez-vous, Allard?...

ALLARD.

Non, Duc.

FRÉDÉRICK.

Eh! bien, ici que venez-vous donc faire?...
Croyez-vous qu'au devoir on me verra forfaire?...
Et me jugez-vous donc à ce point sans vertu?...
Seule, ma grâce est nulle... et voyez!...

Il la déchire.

CONRADIN.

Que fais-tu?....

ALLARD.

Malheureux ! insensé ! qu'avez-vous fait ?...

CONRADIN.

Je tremble.

FRÉDÉRICK.

Tels nous avons vécu, tels nous mourrons ensemble.
Je n'accepte jamais des mains d'un ennemi
Une grâce incomplète, un bienfait à demi,
J'ai déchiré ce seing qui me laissait sans doute
La moitié de la vie et moi je la veux toute !
Car, tout ingrat qu'il est, je dois mourir, je croi,
Ami pour mon ami, chevalier pour mon roi !...

ALLARD.

Je reconnais bien là le sang de Barberousse !

CONRADIN.

Il est si généreux et son âme est si douce !
Ne vous étonnez pas ; vous l'ignorez encor :
Son bras vaut une armée et son cœur un trésor !...
Vous admirez, Allard, une vertu si sainte !
Eh bien ! le croiriez-vous ? sans remords et sans crainte,

Moi, triste roi chétif, pauvre prince au berceau,
J'insultai lâchement ce cœur si grand, si beau !...
Oui, tantôt j'ai payé de mépris, d'injustices
Son dévouement sans borne et ses rares services ;
J'ai fait cela, Messire, et d'un fer assassin
J'aspirais au plaisir de lui percer le sein ;
Mais si j'ai de mon cœur ainsi méconnu l'hôte,
Je sais comment un roi doit réparer sa faute :
On s'abaisse souvent sans raison devant nous,
Quand nous avons fait mal c'est de même, à genoux,
Qu'il nous faut implorer l'oubli de nos offenses.

Il s'agenouille devant Frédérick. —

Frédérick, tendre ami, tu connais mes souffrances,
Tu sais combien leur fiel irrite mon esprit :
Efface de ton cœur ce que tantôt j'ai dit ;
Oublie encor, veux-tu, ma fureur, mes blasphèmes,
Ouvre-moi tes deux bras et dis-moi que tu m'aimes !...

FRÉDÉRICK, *le relevant.*

Lève-toi, Conradin, ta place n'est pas là,
Ta place est sur mon cœur, ta place la voilà !...

(Ils restent embrassés, Blanche entre par le troisième plan de droite.)

Scène XIIe.

LES PRÉCÉDENTS. — BLANCHE.

CONRADIN.

C'est Dieu qui vous amène, ô Blanche, vous si bonne ;
Pour voir comment un frère à son frère pardonne.

BLANCHE, *à son père.*

Je n'ai pu résister au besoin de savoir
Si Charles a brisé notre dernier espoir,
Et j'accours....

ALLARD.

Mon enfant....

BLANCHE.

Il suffit, je devine...
Le Roi tient ses rivaux, le roi les assassine !
Je l'avais bien jugé.

ALLARD *à Conradin.*

Que feront vos amis ?...
Qu'ont-ils déjà tenté ?.. Que vous ont-ils promis ?...

CONRADIN.

Rien encore et j'attends.

FRÉDÉRICK, *à part.*

Démon qui fait ma peine,
Je voudrais vainement l'accabler de ma haine,
Hélas !...

BLANCHE, *bas à Frédérick.*

Depuis tantôt vous êtes bien changé.
Je comprends que mon cœur soit par vous mal jugé ;
Cependant, Frédérick, vous saurez par la suite
Quel sentiment profond a dicté ma conduite.

FRÉDÉRICK, *bas.*

Un mot... A Conradin, Madame, vous avez
Promis, affection, amour?...

BLANCHE.

Mais....

FRÉDÉRICK.

Achevez....

BLANCHE.

Oui, mais....

FRÉDÉRICK.

Oh! c'était vrai!... Trahison sans exemple!...

Haut à Conradin.

Viens; suis-moi, Conradin; il faut nous rendre au temple,
Car nous devons passer à fléchir l'Eternel
L'instant qui peut encore nous séparer du ciel!...

Scène XIIIe.

ALLARD. — BLANCHE.

ALLARD.

Le Roi donne ce soir une fête brillante...
Parais-y ; montre-toi joyeuse, souriante ;
Presse le souverain, implore sa bonté,
Exalte ses vertus, sa magnanimité,
Trouve de ces accents dont la puissance entraîne,
Enfin, sauve le Prince, enfant, et deviens reine!...

BLANCHE.

Au bal, moi !... Quand mon cœur est saignant, déchiré,
Lorsque mes yeux à tous diront que j'ai pleuré,
Quand l'horreur me terrasse et qu'une ardente fièvre
Egare ma raison et fait trembler ma lèvre ?...
Je ne puis, je sens trop que je défaillirai.

ALLARD.

Hésites-tu ?...

BLANCHE.

Non pas, mais...

ALLARD.

Reste

BLANCHE.

Oh ! non, j'irai.
Jusqu'au fond de la coupe épuisant le calice,
J'irai, j'accomplirai ce dernier sacrifice.
Il le faut, je le veux ; allons, sommes-nous prêts ?...
Partons !... si tout est vain, je puis mourir après...
Je saurai bien cacher, en proie à ces martyres,
Mes sanglots sous des fleurs, mes cris sous des sourires.

Blanche l'entraîne ; ils sortent au fond. — La nuit

est venue, l'on voit par la croisée du fond le palais vivement illuminé, on entend la musique d'un bal. — La scène reste un moment vide, puis tout-à-coup Conradin pâle, en désordre, apparaît par le deuxième plan de gauche.

Scène XIVe.

CONRADIN, *seul.*

Sur la place voisine on dresse un échafaud ;
J'ai vu tout ; une hache est auprès du billot....
Glacé d'horreur, j'ai fui ce lieu que je redoute,
Car ce sombre appareil est là pour nous, sans doute.

Après un silence.

Mais je vais donc mourir ?... Oh ! dites-moi, mon Dieu !...
De ma vie au berceau pourquoi briser le nœud ?...
Pourquoi donc étouffer le feu qui me dévore ?...
Pourquoi m'anéantir quand je veux vivre encore ?...
Je n'ai que dix-sept ans, seigneur, l'oubliez-vous ?...
Dix-sept ans seulement, et votre bras jaloux
Veut, ainsi qu'un roseau que courbe la tempête,
Vers le tombeau béant faire incliner ma tête.

Mourir! Si vous saviez l'horreur d'un tel moment!
Seigneur, déjà... déjà!... dix-sept ans seulement!..,
Le bouton de mon cœur s'ouvre, il commence à peine
A saisir l'existence, à sentir son haleine;
C'est l'aube du bonheur, son rayon, son printemps...
J'aime!... pitié, mon Dieu!... j'aime et j'ai dix-sept ans!
Et vous, nobles amis, et vous, cœurs magnanimes,
Phalange de héros, cortége de victimes,
Vous qui m'environniez comme un vivant rempart,
Gualferano, Lancia, Donratico, Gérard,
Gavano, tous poussés par une ardeur commune,
Vous avez vaillamment partagé ma fortune:
Hier c'était pour vous la gloire, les combats,
O mes amis! Ce jour est celui du trépas...
Vous allez expier un dévoûment sans tache,
Non par un coup d'estoc, mais par un coup de hache.
C'est sur vous que je pleure en ce fatal instant;
Moi, je devais prévoir le destin qui m'attend;
D'ailleurs je combattais pour mon droit, pour ma cause
Et savais les périls qu'un tel devoir impose. —

Après une pause.

Je ne suis pas un lâche! oh non! ce qui m'abat
C'est de ne point mourir comme un prince au combat:

Qu'on me donne une épée, oh ! que l'on m'en donne une
Et je succomberai grand dans mon infortune.
Charle pourra venir avec ses assassins
Pour accomplir sur moi ses infâmes desseins :
Je ferai tête à tous, le pied droit, le bras ferme,
Le trépas pourra seul à mes coups mettre un terme.
Arrivez, mon cousin ; si vous armez mon bras
Devant tous vos soudards je ne tremblerai pas...
Prêtez-moi votre épée, oh ! donnez-moi des armes !
Mais non, vous préférez vos ennemis en larmes !...
Un enfant vous effraie et, superbes trembleurs,
Vous redoutez bien plus son glaive que ses pleurs.

Il s'asseoit à gauche, puis tristement.

Dieu ! pourquoi suis-je né ? qu'ai-je fait sur la terre ?...
Qu'ai-je fait pour mon peuple et le nom de mon père ?...
Ai-je de mes sujets rendu le sort meilleur ?
Ai-je repris ce trône où m'appelait leur cœur ?...
Qu'ai-je de mes aïeux dont la gloire féconde
Comme un flambeau sacré rayonne sur le monde ?...
Qu'ai-je de leurs vertus, de leurs cœurs sans pareils ?...
Rien ! je suis un rayon, ils étaient des soleils !...
J'ai fait trembler le Pape et le pouvoir de Rome,
Mais cela suffit-il à la gloire d'un homme ?...

Non ! de ma nullité justement convaincu,
Je me demande encor parfois si j'ai vécu,
Si tout ce qui m'arrive, à moi, n'est pas un songe,
Une magie étrange, un jeu qui se prolonge,
Si, comme mes aïeux, je ne dois pas briller
Et pour prendre leur place un jour me réveiller...

S'agitant ; il écoute puis se relève.

J'entends le bruit d'un bal ; c'est chez le Duc qu'on danse :
Pour étouffer nos cris j'admire sa prudence.

Il se rapproche de la fenêtre du fond et l'ouvre.

Image de la vie !... On est heureux là-bas ;
On chante, on vit tout haut, ici l'on meurt tout bas ;
Là-bas sont des clartés, ici sont des ténèbres ;
Là-bas des cris de joie, ici des cris funèbres ;
Là-bas est l'existence, ici l'éternité :
Là-bas est le mensonge, ici la vérité !...

Scène XVe.

CONRADIN, *un* CAPITAINE DES GARDES,
puis FRÉDÉRICK — *Gardes au fond.*

LE CAPITAINE.

Prince, vous n'avez plus que peu d'intants à vivre ;
Au signal du beffroi soyez prêt à me suivre.

CONRADIN.

Le Duc a grande hâte et brûle d'en finir ;
Il suffit ; laissez-moi.

Le capitaine se retire dans la galerie du fond.

Le moment va venir....
Déjà !... mort, il faut donc que ton souffle m'emporte
A travers l'infini comme un brin d'herbe morte ?...
Adieu, mon âme, adieu, lueur, pâle flambeau !...
N'espère plus qu'un monde au-delà du tombeau !
Adieu, tendres liens formés sur cette terre,
Et qui se dénoûront dans l'éternel mystère....
Je voyais le trépas dans un si doux lointain,
Je rêvais un beau jour et je meurs au matin !...

A Frédérick qui entre.

Mon Frédérick m'aborde avec un front sévère.

FRÉDÉRICK.

Pourquoi m'as-tu laissé seul prier Dieu, mon frère?...
Au suprême moment de te montrer à lui
Au lieu de l'implorer pourquoi donc as-tu fui ?...

CONRADIN.

Je ne pouvais prier ; le trouble de mon âme
Tarissait en mon cœur toute pieuse flamme...
J'ai fui, — je n'aurais pu, tant j'étais agité,
Ouvrir à son regard mon cœur en liberté !...
Et je ne sais pourquoi je craignais son approche.

FRÉDÉRICK.

C'était mal ; mais pardonne à mon dernier reproche.

CONRADIN.

Cependant j'ai livré tout à l'heure en ce lieu
Mon âme à la tristesse et ma pensée à Dieu !

(*On entend sonner l'heure.*)

LE CAPITAINE, *du fond.*

Hâtez-vous, Messeigneurs, votre heure est arrivée.

CONRADIN, *tristement.*

Nous naissons et voilà notre vie achevée.

(Il jette son manteau et tombe à genoux.)

Mon Dieu ! pitié pour moi !

FRÉDÉRICK.

Faiblis-tu, Conradin ?...

CONRADIN, *d'une voix faible.*

Non ! je suis animé d'un courage soudain....
Nous allons donc toucher les bords d'un autre monde !
O, ma mère !... je meurs ! Quelle douleur profonde
Va te causer le coup que je vais recevoir....
On va tuer ton fils... tu ne dois plus le voir !...

Il se cache le visage dans les mains. —

FRÉDÉRICK.

Arrête, enfant !... des pleurs ! quelle pensée amère !...
Un roi doit-il faiblir ?...

CONRADIN.

Je pensais à ma mère !...

FRÉDÉRICK.

Sois homme !

CONRADIN, *écoutant.*

Je suis fils. Ecoute ; il m'a semblé
Entendre les clameurs d'un grand peuple assemblé ;
Il attend mon supplice, il me maudit peut-être !...
Le bruit semble approcher... ouvre cette fenêtre.

FRÉDÉRICK, *ouvre la fenêtre du 2e plan de gauche.*

La foule encombre en bas la place du Palais.

CONRADIN.

Et ses cris que j'entends sont ceux que je craignais ?...

FRÉDÉRICK.

Contre notre assassin ce sont des cris de haine.

CONRADIN, *se redressant.*

Merci ! La voix du peuple est la voix souveraine,
C'est l'hosanna du juste et l'effroi des tyrans !...

(*Cris au dehors.*)

Sauvez le Prince !

CONRADIN.

Ah bien ! que ces hommes sont grands !...

Il approche, les cris redoublent ; sur un signe tout s'apaise. Au peuple :

Tu comprends le malheur qu'aujourd'hui tu me causes,
Peuple, voici mon gant... Venge-moi si tu l'oses !...

Il jette son gant par la fenêtre et regarde.

Ce gage de combat est ramassé par eux...
Il doit être compris de ces cœurs généreux ;
Mais ils restent muets... quel horrible silence !...
Serait-ce un vain espoir ?... je succombe...

Voix du dehors.

Vengeance !...

CONRADIN, *avec force.*

Tu seras l'instrument des décrets infinis,
Tu puniras ma mort, peuple, je te bénis !
Que notre sort, amis, maintenant s'accomplisse ;
Nous pouvons le front haut marcher au sacrifice ;

Viens, viens, plus de retards, nos destins sont changés,
Viens, nous pouvons mourir, car nous serons vengés !...

(Il l'entraîne, le Capitaine les suit par le fond, ainsi que les gardes.)

Scène XVIe.

ALLARD, *arrive par le deuxième plan de droite.*

ALLARD.

Partis... déjà !.... pourtant à cette foule immense
Conradin s'est fait voir... elle a crié vengeance !...
Ah ! peuple à le sauver que n'as-tu réussi,
Je t'eusse offert en moi, j'en fais serment ici,
Un fougueux partisan de ta juste colère ;
Oui, je me serais joint au torrent populaire,
Car je puis oublier, rien ne me le défend,
L'homme qui sacrifie à ses terreurs d'enfant
Le destin qui riait à ma noble famille,
L'espoir de mes vieux jours, la gloire de ma fille ;

Le devoir d'un sujet a des bornes, je croi,
Et l'homme est à lui-même avant d'être à son roi !....

(*Il se promène pensif.*)

Ainsi donc tout me fuit, tout croule, tout m'échappe,
Et jusque dans ma fille un coup cruel me frappe.
Ambition funeste, où donc m'as-tu conduit ?...
Il est tombé pour moi ton masque qui séduit,
Je veux être à présent le modèle des sages,
Ne jamais convoiter d'aussi brillants partages,
Et me contentant d'être un soldat glorieux
Ne mériter jamais le nom d'ambitieux !...

Scène XVIIe.

ALLARD. — BLANCHE, SOLDATS, VALETS, *etc.*

BLANCHE, *accourt les cheveux épars : un papier à la main.*

Arrêtez ! suspendez le coup qui les menace !...
A tous les condamnés le souverain fait grâce...
Des jours moins malheureux nous sont donc réservés;
Embrassez votre enfant, mon père, ils sont sauvés !...

Je ne me connais plus, ma joie est un délire...
Je suis heureuse enfin de pouvoir tout vous dire...
Je suis digne de vous... Je vous avais trompé
Et j'ai feint cet aveu devant vous échappé ;
Pour les sauver tous deux j'ai commis un blasphême,
Non, ce n'est pas un roi, c'est Frédérick que j'aime!...

ALLARD.

Qu'entends-je ? se peut-il ? ô cœur trop généreux !

BLANCHE.

Ciel ? quel temps nous perdons ; conduisez-moi vers eux.

ALLARD, *à part.*

A quels espoirs nouveaux mon fol orgueil se livre :
Mes rêves effacés commencent à revivre.

BLANCHE.

Où sont-ils ?

ALLARD.

Viens, ma fille.

BLANCHE.

Ont-ils quitté ce lieu ?...

ALLARD.

Ne m'interrogé pas.

BLANCHE.

Je comprends, ô mon Dieu !
Ils ne peuvent mourir puisque le roi pardonne.
(On entend tinter la cloche des agonisants.)

ALLARD, *à la fenêtre.*

Suspendez-le supplice... arrêtez ; je l'ordonne !

BLANCHE.

Arrêtez ! les bourreaux n'entendent pas ma voix...
Quelle foule !... ô torture ! ô terreur ! je les vois...
Un homme est devant eux qui leur lit la sentence...
Conradin s'agenouille et Frédérick s'avance,
Ah ! je cours, je ne puis....
Elle fait quelques pas et chancelle.

ALLARD.

Quel silence effrayant !...

BLANCHE.

Soutenez-moi, je veux...

ALLARD.

.......Un espoir si brillant

S'éteindrait-il ainsi ?....

BLANCHE, *avec explosion.*

Mais il faut que je sorte.
A moi!..je meurs... Pitié!..Courez... ou qu'on me porte...

Allard s'élance pour sortir. — Coup de tam-tam. — Cris de la foule au dehors. — Tous reculent avec horreur. — Allard revient en scène.

BLANCHE, *tombant à genoux.*

Ah !

ALLARD, *d'une voix sombre, jetant le papier.*

Je redeviens sage !...

Scène XVIIIe.

LES MÊMES. LE CAPITAINE DES GARDES, *soldats avec des flambeaux.*

LE CAPITAINE.

Ils sont morts pleins de foi.

ALLARD.

Vous avez transgressé la volonté du Roi.

LE CAPITAINE.

Non, Seigneur ; car voici l'arrêt irrévocable :
« Nul pardon, porte-t-il, ne peut être valable,
« Et cet ordre formel, par la raison dicté,
« Sans retards ni délais doit être exécuté.»
« Voyez : Signé : « Le Roi.»

ALLARD, *après avoir lu.*

Perfidie éclatante,
Qui me glace d'effroi, d'horreur et d'épouvante.

Après une pause pénible, avec dignité.

Dites à votre Roi qu'un laurier généreux
Perdrait son pur éclat dans un terrain fangeux,
Qu'en ce qu'elle espérait ma gloire fut trompée :
Portez-lui mes adieux et ma fidèle épée;
Car le jour qui luira sur ses états demain
Me verra de Paris reprendre le chemin ;
Son crime entre nous deux rétablit l'équilibre :
Si Charle est duc et roi, moi je suis homme et libre,
Nul serment ne m'engage hormis ma volonté,
Je soutiens le bon droit et non l'iniquité !...

BLANCHE, *qui a relevé la tête en même temps que son père parlait, se redresse et dit avec un peu de délire :*

Bien ! vous avez été digne de vous, mon père :
J'estime cet orgueil qu'un forfait exaspère. —

Après un silence et s'animant peu à peu.

Quand de ta cruauté nous pleurons les martyrs,
Charle, nous te vouons aux cruels repentirs ;
N'attends plus du Très-Haut, monarque régicide,
Que le courroux vengeur qu'il garde au fratricide...
Aujourd'hui sois heureux : le meurtre est accompli ;
Pourtant n'espère point t'endormir dans l'oubli...
Tremble que le Seigneur pour punir tes colères
Te crie un jour : « Caïn, qu'as-tu fait de tes frères ?...»

S'exaltant de plus en plus. —

Va ! va ! poursuis ta route et profite des jours :
Du méchant ici-bas les triomphes sont courts ;
Convoite d'autres biens, accomplis d'autres crimes,
Va, livre à tes bourreaux de nouvelles victimes...
Le pouvoir t'appartient et tu te crois puissant,
Mais rien ne doit durer qui grandit dans le sang.

Ton nom, lâche assassin, fera tache à l'histoire,
Les peuples maudiront ta cendre et ta mémoire,
Puis un grand jour doit luire, et ce jour n'est pas loin,
Où de ton châtiment chacun sera témoin ;
Dans l'enceinte sacrée, à l'heure des prières,
Le peuple soulevé massacrera tes frères...
Pas de pitié pour eux, pas de merci pour toi :
Tu subiras du ciel, l'inexorable loi...
Tu fais périr un roi, Charle, mais roi toi-même,
Tu connaîtras le poids d'un sanglant diadème,
Et, mourant dévoré par un chagrin profond,
Tu sauras les remords que les crimes nous font.
Va, si tu m'as ravi tout ce que mon cœur aime
Je lance sur ton front un terrible anathème !...
Et mon ressentiment par l'horreur exalté,
Te cloue au pilori de la postérité !....

Elle s'affaisse épuisée dans les bras de son père. — Tableau. — La toile tombe.

OUVRAGES DU MÊME AUTEUR

Publiés :

Guillaume le Taciturne et les Pays-Bas depuis l'abdication de Charles-Quint jusqu'à l'année 1584.

Les Souvenirs, poésies.

Une Promenade à Saint-Martin-d'Ablois (Souvenirs de la Champagne).

Heures d'Etude, mélanges politiques et littéraires.

Mémoire historique, statistique et commercial sur le Port de Liverpool.

A publier :

Péchés de Jeunesse (nouvelles), comprenant : Un Drame d'hier, — Emilie Pontal, — L'Auberge de l'Aigle noir, — Louise de Sennecourt, — Robert le Frison, — La Belle Angevine, — Lucile et Christian, — Les deux Novices, — Un Fils du Peuple, — Louise Foubert, — Une Nuit dans les Monts Sudètes, — Nicolas Blaisot, — La Nuit du 13 Septembre, etc., etc., etc.

(*Ces Ouvrages, publiés dans les Journaux et Revues de Paris, seront réunis prochainement en deux forts volumes.*)

Sous Presse :

Le Dernier jour de Malfilâtre, étude dramatique en vers. — Formant la 2me Soirée de la *Comédie au Coin du Feu.*

ÉPERNAY. — TYP. VICTOR FIÉVET.

www.ingramcontent.com/pod-product-compliance
Ingram Content Group UK Ltd.
Pitfield, Milton Keynes, MK11 3LW, UK
UKHW020313220726
13923UKWH00003B/1121